GUÍA DE LECTURA

Escrita por Dominique Coutant-Defer
Traducida por Tamara Montes Blanco

Cuentos

de Charles Perrault

CHARLES PERRAULT

HOMBRE DE LETRAS FRANCÉS

- **Nacido en 1628 en París (Francia)**
- **Fallecido en 1703 en la misma ciudad**
- **Algunas de sus obras:**
  - *Piel de asno* (1694), cuento
  - *La bella durmiente* (1696), cuento
  - *Los cuentos de Mamá Oca* (1697), antología de cuentos

Nacido en París en 1628 y fallecido en 1703, Charles Perrault está considerado como uno de los más grandes autores del siglo XVII. Lleva al mismo tiempo una carrera política y literaria. Como brazo derecho de Colbert, se encarga en la corte de la política artística y literaria.

Su primera obra, un poema burlesco contra la Edad Antigua, se publica en 1653. Pero se distingue sobre todo por la retranscripción de cuentos procedentes de la tradición oral francesa, en los que aportaba sus grandes competencias al género literario del cuento de hadas. En 1694 se publica *Piel de asno*; en 1696, *La bella durmiente*, y después, en 1697, su antología de cuentos *Historias o cuentos del tiempo pasado con moralejas*, que contiene sus cuentos más célebres: *Caperucita Roja*, *Cenicienta*, *El gato con botas*, etc. Un ejemplar manuscrito de esta antología lleva el título de *Los cuentos de Mamá Oca*.

Charles Perrault es elegido en la Academia Francesa en 1671, donde se distingue por ser el instigador de la querella de los antiguos y los modernos, en la que se posiciona a favor de los autores modernos.

CUENTOS

UNA OBRA MAESTRA UNIVERSAL Y ATEMPORAL

- **Género:** cuentos
- **Edición de referencia:** Perrault, Charles. 1987. *Cuentos de antaño*. Traducido por Joëlle Eyheramonno y Emilio Pascual. Madrid: Anaya
- **Primera edición:** 1824
- **Temáticas:** cuentos de hadas, apariencia, curiosidad, ingenio, honestidad

La antología de que vamos a abordar reagrupa seis cuentos originarios de la cultura popular oral: *Caperucita Roja*, *Barba azul*, *El gato con botas*, *Las hadas*, *Cenicienta* y *Pulgarcito*. Publicados en 1697, se encuentran entre los más conocidos de Perrault. Todos comienzan por el tradicional «Érase una vez» (excepto *El gato con botas*); ponen en escena a personajes no menos tradicionales, muy estereotipados (el hada, el príncipe, la madrastra, etc.), y todos presentan el esquema narrativo clásico. Sin embargo, Perrault les aporta una cierta originalidad: su persona está muy presente en los textos, tiene un sentido agudo del realismo en los paisajes, incluso en los detalles, y añade a los relatos cuestiones morales o políticas que hacen de los *Cuentos* mucho más que pequeñas historias infantiles.

RESUMEN

CAPERUCITA ROJA

La hermosa niñita recibe este nombre por la tela roja de su caperuza. Su madre la envía a visitar a su abuela enferma y a llevarle una torta y mantequilla. En el camino, se encuentra con un lobo en el bosque, pero este último no se atreve a comérsela porque hay leñadores presentes. Entonces le pregunta hacia dónde se dirige, y la ingenua niñita le indica dónde vive su abuela. El lobo le propone encontrarse allí, pero él irá por otro camino para ver cuál de los dos llega primero. Mientras que la niñita toma la ruta más larga y se toma su tiempo, el lobo corre hasta perder el aliento y llega antes que ella. Hace creer a la anciana, cambiando la voz, que es su nieta. Ella lo deja entrar y el lobo la devora. Después, se mete en su cama, se esconde bajo el edredón y recibe un poco más tarde a Caperucita Roja, haciéndose pasar por la abuela. La niñita, en un principio un poco desconfiada porque le cuesta reconocer la voz de su abuela, termina a pesar de todo por acercarse al animal que está en la cama. Entonces se asombra de la altura gigantesca de la que cree que es su abuela, pero el lobo consigue tranquilizarla y después comérsela...

Moraleja: Los niños pequeños «hacen mal en oír a ciertas gentes» (Perrault 1987, 116). No todos los lobos son malos, pero aquellos que parecen los más mansos pueden ser los más peligrosos.

BARBA AZUL

Barba azul es un señor rico que no encuentra con quién casarse por culpa del color de su barba y de la misteriosa desaparición de sus esposas anteriores. Sin embargo, una joven se convierte en su esposa, cegada por sus riquezas. Poco después, él marcha de viaje, pero antes le entrega las llaves de la casa y la advierte que la que abre un pequeño gabinete no debe utilizarse bajo ningún concepto. «Si llegáis a abrirlo, no habrá nada que no podáis esperar de mi cólera» (Perrault 1987, 118), la amenaza. Pero, una vez sola, la joven no puede resistir la tentación de abrir el gabinete y dentro descubre los cadáveres de las anteriores esposas de su marido. La llave, mágica, deja en la joven marcas de sangre indelebles. Cuando su esposo vuelve, furioso, la condena a la misma suerte que las otras mujeres. Ella pide sin embargo un pequeño respiro para rezar antes de morir y aprovecha para enviar a su hermana, Ana, a esperar la llegada de sus hermanos, que la iban a visitar ese día. Pero tardan, y la joven no consigue sosegar más la impaciencia de su marido... Finalmente llegan en el momento justo en que Barba azul se dispone a sacrificarla y lo matan. La joven, que hereda todos los bienes de su marido, los comparte con los suyos y se casa de nuevo con un hombre honrado.

Moraleja: la curiosidad puede costar muy cara... Otra moraleja: este cuento corresponde al pasado y en las parejas de hoy día, nos esforzamos en juzgar «quién de los dos es allí el amo» (Perrault 1987, 125), el hombre o la mujer.

EL GATO CON BOTAS

Al morir, un pobre molinero lega a su primer hijo su molino; al segundo, su asno, y al tercero, su gato. El tercero se lamenta de la miseria que le aguarda, pero el gato le garantiza que su herencia no es tan mala y le pide un saco y un par de botas. El gato logra así, con astucia, atrapar un conejo y se lo lleva al rey de parte de su amo, al que llama el marqués de Carabás. Continúa su artimaña durante tres meses, lo que provoca cada vez la alegría del monarca. Un día, anima a su amo a ir a bañarse al río, en el trayecto del paseo del rey y su hija. «Vuestra fortuna es cosa hecha» (Perrault 1987, 128), le dice. Después, tras haber escondido la ropa de su amo, le afirma al rey que se la han robado. El soberano ordena entonces que le traigan su traje más hermoso, preocupado por ayudar al generoso marqués, al que invita a su carroza. Joven y apuesto, el hijo del molinero intercambia miradas de amor con la princesa. Luego el gato pide a los segadores de los campos que le digan al rey que todo el trigo de alrededor pertenece al marqués de Carabás. Después llega al castillo de un ogro que tiene el poder de tomar la forma de otros animales y le desafía a que se convierta en ratón. El ogro, herido en su propio orgullo, se condena a muerte y el gato termina por comérselo. Así, el castillo del ogro pasa a manos del marqués de Carabás. Deslumbrado por tantas riquezas, el rey le entrega la mano de su hija al hijo del molinero.

Moraleja: el ingenio vale más que los bienes adquiridos. Otra moraleja: el hijo del molinero pudo contar con su juventud y su belleza para seducir con tanta rapidez a la joven princesa.

LAS HADAS

Una pobre joven, a la que su madre odia y carga con todas las tareas, da de beber a una anciana sedienta que en realidad es un hada. Esta, para agradecérselo, le promete que con cada palabra que pronuncie, una flor o una piedra preciosa saldrá de su boca. La madre, maravillada, decide entonces enviar a la fuente a su querida hija mayor para que ella también se beneficie del sortilegio. Pero el hada ha tomado el aspecto de una princesa, y la joven, arrogante, se niega a ayudarla. El hada le lanza entonces un conjuro diferente: de su boca saldrán serpientes o sapos. La más pequeña, apaleada por su madre, que la culpa de lo sucedido, huye y se encuentra con el hijo del rey en el bosque. Este le pregunta por qué está triste. Seducido por el curioso don y la dulzura de la joven, decide casarse con ella. En cuanto a la hija mayor, termina por morir en un rincón de un bosque, tras haber llegado a ser tan despreciable que su madre la echa.

Moraleja: la dulzura tiene aún más valor que «[p]istolas y [d]iamantes» (Perrault 1987, 138). Otra moraleja: la honestidad siempre termina recompensando.

CENICIENTA

Cenicienta es una bella joven, odiada y tratada como una criada por su madrastra y sus dos hijas. Así, mientras las dos señoritingas eligen las magníficas ropas que llevarán al baile que da el hijo del rey, se ríen de Cenicienta que lamenta no estar en la fiesta. Un hada, su madrina, transforma entonces una calabaza en carroza; a unos ratones y una rata, en los caballos y el cochero, y a unas lagartijas, en lacayos, lo que le permite asistir al baile. La viste con suntuosos atavíos y «después le d[a] un par de zapatos de cristal, los más bonitos del mundo» (Perrault 1987, 142); no obstante, le advierte que el sortilegio tocará a su fin a medianoche. Cuando llega al baile, el lugar de honor se le concede a Cenicienta, por toda la admiración que suscita. La toman por una gran princesa. A medianoche, abandona el baile, pero gracias a su madrina, vuelve al día siguiente, con una apariencia aún más magnífica. Sin embargo, esta vez se retrasa y, con las prisas por marcharse cuando suena la primera campanada de la medianoche, se le cae un zapato, que el hijo del rey recoge porque se ha enamorado de esta misteriosa belleza. Además, decide casarse con quien consiga ponerse el zapato. Todas las jóvenes del reino tratan en vano de calzarse el zapato. Bajo las pullas de sus hermanas, Cenicienta pide también someterse a la prueba, en la que triunfa con facilidad. Para coronar su éxito, el hada aparece y le vuelve a dar a la joven su magnífica apariencia. Las dos hermanas reconocen entonces en ella a la princesa del baile y le piden perdón por haberla tratado mal. Una vez casada con el hijo del rey, Cenicienta, «que era tan buena como hermosa» (Perrault 1987, 146), las une con dos grandes señores.

Moraleja: la belleza es un tesoro, pero «gentileza, bondad y gracia son los verdaderos dones de las [h]adas» (Perrault 1987, 147). Otra moraleja: el espíritu, el coraje y el nacimiento son dones del cielo, pero es bueno tener padrinos o madrinas que los hagan valer.

PULGARCITO

Pulgarcito es el hijo más pequeño de una familia de pobres leñadores. Todos se burlan de él, aunque sea «el más fino y el más sagaz de todos sus hermanos» (Perrault 1987, 157). Un año de hambruna, ante la dificultad de alimentar a sus siete hijos, el padre, mientras Pulgarcito le escucha a escondidas, decide abandonarlos en el bosque, ante la gran desesperación de la madre. Durante el camino, el astuto Pulgarcito esparce pequeños guijarros blancos que permiten a los niños regresar a casa. Antes de entrar, se dan cuenta de que sus padres están celebrando que les acaban de dar diez escudos. La madre se lamenta de no poder compartir el festín con sus hijos desaparecidos, que entonces entran en la casa, para su gran alegría. Pero «la alegría duró lo que duraron los diez escudos» (Perrault 1987, 162). Una vez gastado el dinero, los padres vuelven a planear abandonar a sus hijos... Pero Pulgarcito oye todo una vez más y, como no encuentra guijarros, decide utilizar las miguitas del pan que les ha dado su madre. Por desgracia, los pájaros se las comen y los niños se pierden en el bosque... Encuentran refugio en la casa de un ogro cuya mujer les ofrece una cama. Para que el ogro no los devore cuando vuelva, Pulgarcito intercambia las coronas que llevan las siete hijas del ogro, acostadas al lado de ellos, con los gorros de sus hermanos. En la confusión, el monstruo degüella a sus propias hijas. Los chicos aprovechan para huir mientras el ogro duerme, pero se libran por poco de que este los atrape cuando se despierta y, furioso, se da cuenta de su error. Le roban al coloso, que se ha quedado adormilado un instante, sus botas mágicas de siete leguas y Pulgarcito esconde a sus hermanos, vuelve a casa de la mujer del ogro y consigue que la mujer le dé una gran suma de dinero, rescate que, según dice él, reclaman unos bandidos que han apresado a su marido como rehén. Pero «hay muchos que no están de acuerdo con este último particular» (Perrault 1987, 171) y que dicen que Pulgarcito en realidad hizo fortuna gracias a las botas mágicas ejerciendo de mensajero para todo el reino y que enriqueció así a toda su familia.

Moraleja: a veces es el hijo más débil y el más menospreciado de una familia el que les trae la felicidad.

CLAVES DE LECTURA

ESQUEMA NARRATIVO

Todos estos cuentos presentan un esquema narrativo que se desarrolla de la siguiente manera:

Situación inicial: es el comienzo de la historia, el momento en el que se presentan al lector los personajes principales y el marco espaciotemporal. La situación está equilibrada, es decir, que no hay ningún motivo para que evolucione.

- Un ejemplo es el de Caperucita Roja que atraviesa tranquilamente el bosque para llevar una torta y mantequilla a su abuela o el hijo del pobre molinero que hereda el gato de su padre en *El gato con botas*.

Elemento perturbador: es un acontecimiento que modifica la situación inicial y que desencadena la historia propiamente dicha.

- Por ejemplo, Cenicienta se entera de que el rey va a dar un gran baile o una joven acepta casarse con Barba azul, seducida por sus riquezas.

Peripecias: son las acciones que provoca el elemento perturbador.

- Se puede citar como ejemplo a Pulgarcito que esparce guijarros para encontrar el camino de vuelta a casa porque sus padres lo han abandonado a él y a sus hermanos (elemento perturbador).

Elemento de resolución (desenlace): pone fin a las peripecias y conduce a la situación final.

- Caperucita Roja acepta meterse en la cama con el lobo y Cenicienta consigue calzarse el zapato de cristal, por ejemplo.

Situación final: es el resultado, el final de la historia. La situación está equilibrada, igual que la situación inicial, pero ha habido transformaciones.

- Pulgarcito hace fortuna con las botas de siete leguas, por ejemplo, o la mujer de Barba azul vuelve a casarse con un hombre honrado.

CUENTOS DE HADAS

Estos seis relatos presentan todas las características del cuento de hadas, procedente de la tradición oral, que Charles Perrault consiguió imponer como género literario, desmarcándose así de la cultura oficial de su época. El cuento de hadas presenta diferentes características, que encontramos en todos los textos de la antología de Perrault.

- Los relatos son cortos: todos constan de una quincena de páginas a lo sumo.
- Los personajes son poco numerosos: no son más de tres en *Caperucita Roja*, por ejemplo. Además, su retrato físico y psicológico es sucinto. Así, la altura de Pulgarcito se evoca únicamente porque es lo que explica su apodo. Los rasgos de su carácter no se detallan, y los personajes se reparten de forma maniquea: por un lado están los

buenos y, por el otro, los malos (la dulce Cenicienta se opone a sus dos crueles hermanas, principalmente). Asimismo, a menudo se reducen a tipos con funciones inmutables en este tipo de relato: el príncipe, el rey y el hada, por ejemplo.

- Las fechas y los lugares a menudo son imprecisos: el origen de la historia se pierde en la noche de los tiempos («Érase una vez»). Los lugares están identificados (bosque, castillo, pueblo, etc.), pero no se precisa su ubicación geográfica, lo que confiere al cuento una dimensión universal.
- Encontramos seres fabulosos: citemos por ejemplo a los ogros en *El gato con botas* y *Pulgarcito*, las hadas en *Las hadas* o *Cenicienta* e incluso a los animales que hablan en *Caperucita Roja* o *El gato con botas*.
- A menudo, lo maravilloso y lo sobrenatural están presentes en el relato: objetos mágicos, como la llave manchada de sangre en *Barba azul*, la varita mágica de la madrina de Cenicienta o las botas del ogro en *Pulgarcito*, y procesos tales como la metamorfosis (en *Cenicienta*, por ejemplo) inundan los cuentos.
- De igual modo, se presenta una dimensión simbólica: ciertos lugares, como el bosque, adquieren en el cuento una función que sobrepasa la de servir únicamente como marco para el relato. El sombrío bosque es el lugar de todos los peligros: es donde Caperucita encuentra al malvado lobo y donde Pulgarcito se pierde con sus hermanos. Innumerables relatos, en todas las culturas (*Blancanieves, Hansel y Gretel, Baba Yaga, Harry Potter*, etc.) hacen de él un lugar terrorífico, sin duda inscrito en el inconsciente colectivo.

- Finalmente, el cuento tiene una función educativa: normalmente contiene una lección de sabiduría, una moraleja, lo que lo destina prioritariamente a un joven público, que puede encontrar en él respuestas a sus angustias o a sus preocupaciones. Hay que desconfiar de los desconocidos, se dice en *Caperucita Roja*. Además, algunas cualidades, como la generosidad o la bondad, se valoran, mientras que la pereza y la maldad se rechazan, como en *Cenicienta*, por ejemplo.

LA POSTERIDAD DE LOS *CUENTOS*

Todavía hoy, los relatos de Perrault son muy leídos, estudiados y traducidos. Sin embargo, han sufrido modificaciones con el transcurso de los siglos con sus publicaciones. Las «moralejas» ya no aparecen en algunas ediciones, los prefacios para los destinatarios y prólogos del autor a veces se han suprimido, y algunos cuentos incluso se han transformado: Grimm, por ejemplo, modificó el final de *Caperucita Roja* al añadir el personaje del cazador que saca a la abuelita y a la niña de la panza del lobo.

El éxito siempre en boga de los cuentos de Perrault se debe a la adaptación juiciosa que efectuó en relación con la versión oral de los relatos. En efecto, los relatos que acabamos de estudiar no fueron inventados por Perrault: él retranscribió historias que circulaban de manera oral. Pero, atención, no se contentó con retomar las historias tal cual, sino que las adaptó a su nuevo modo de transmisión: el escrito. De este modo, suprimió algunos pasajes que hubieran podido chocar, como en el que Caperucita Roja devora la carne de su abuela, por ejemplo. Igualmente, actualizó los cuentos introduciendo elementos contemporáneos. Así, *Pulgarcito* hace referencia a la hambruna de 1693. Además, Perrault introduce en sus textos toques de humor destinados a desdramatizar ciertas situaciones o marcas de oralidad que vuelven la lectura más agradable. Confiere así a estos famosos cuentos una cierta universalidad que ha salvado del olvido estos relatos hoy día conocidos por todos.

¡Su opinión nos interesa!
¡Deje un comentario en la página web de su librería en línea,
y comparta sus favoritos en las redes sociales!

PARA IR MÁS ALLÁ

EDICIÓN DE REFERENCIA

- Perrault, Charles. 1987. *Cuentos de antaño*. Traducido por Joëlle Eyheramonno y Emilio Pascual. Madrid: Anaya.

EN RESUMENEXPRESS.COM

- Guía de lectura de *Cuentos de niños y del hogar* de los hermanos Grimm.

ResumenExpress.com